ERWARTE NICHTS

VERONIKA KIENEKE

just breathe

Der Yoga-Flow für gestretchte Eltern

Dieses Buch ist für Flo, Willem & Hedi,
meine liebste Ablenkung ;)

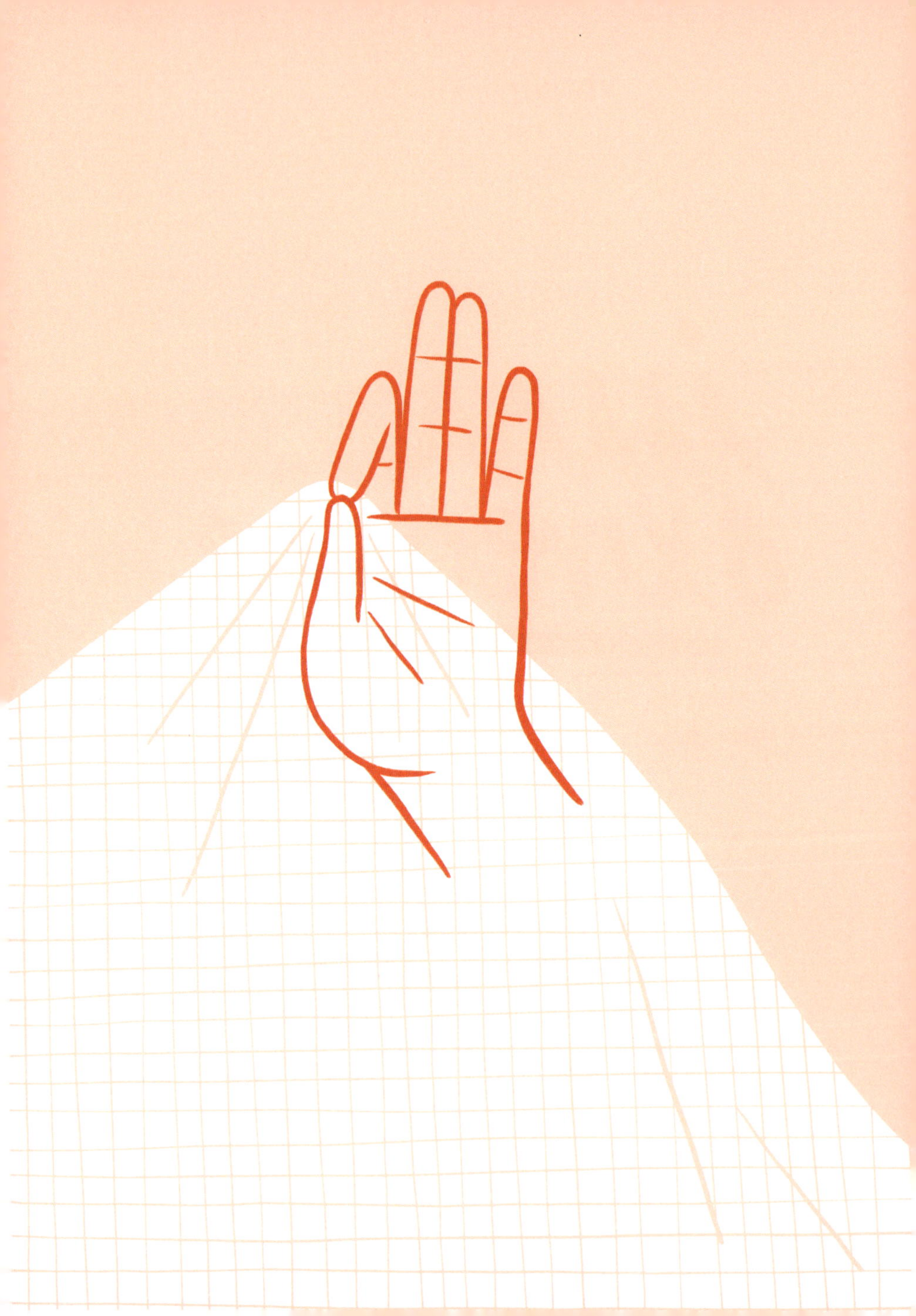

Hallo, guten Morgen!

6:00 Uhr Morgenmeditation

Ich atme in Frieden. Bestimmt nicht mehr lange.

Ich bin im Hier und Jetzt. Wo soll ich sonst sein?

Mein Geist ist ruhig hmmmm...

und mein Körper ist entspannt. ent-was?

Es ist immer Jetzt. ✓

Ich genieße das Gefühl der Ruhe. siehe Punkt 1

Ich bin, ich bin, ich bin. Wir sind...

6:15 Uhr
Balasana -
Kindhaltung

Es geht nicht darum,
deine Zehen zu berühren,
sondern was du auf dem
Weg nach unten lernst.

6:30 Uhr

Uttanasana -
Stehende Vorwärtsbeuge

7:45 Uhr

Paschimottanasana -
Sitzende Vorwärtsbeuge

Die beste Zeit zu üben ist,
wenn du keine
Zeit dafür hast.

Loslassen
ist die härteste
Aufgabe.

8:45 Uhr Malasana - Tiefe Hocke

Du wächst mit deinen
Herausforderungen.

9:40 Uhr

Virabhadrasana III - Krieger III

10:30 Uhr

Ahamkara Mudra -
Siegel des Ich

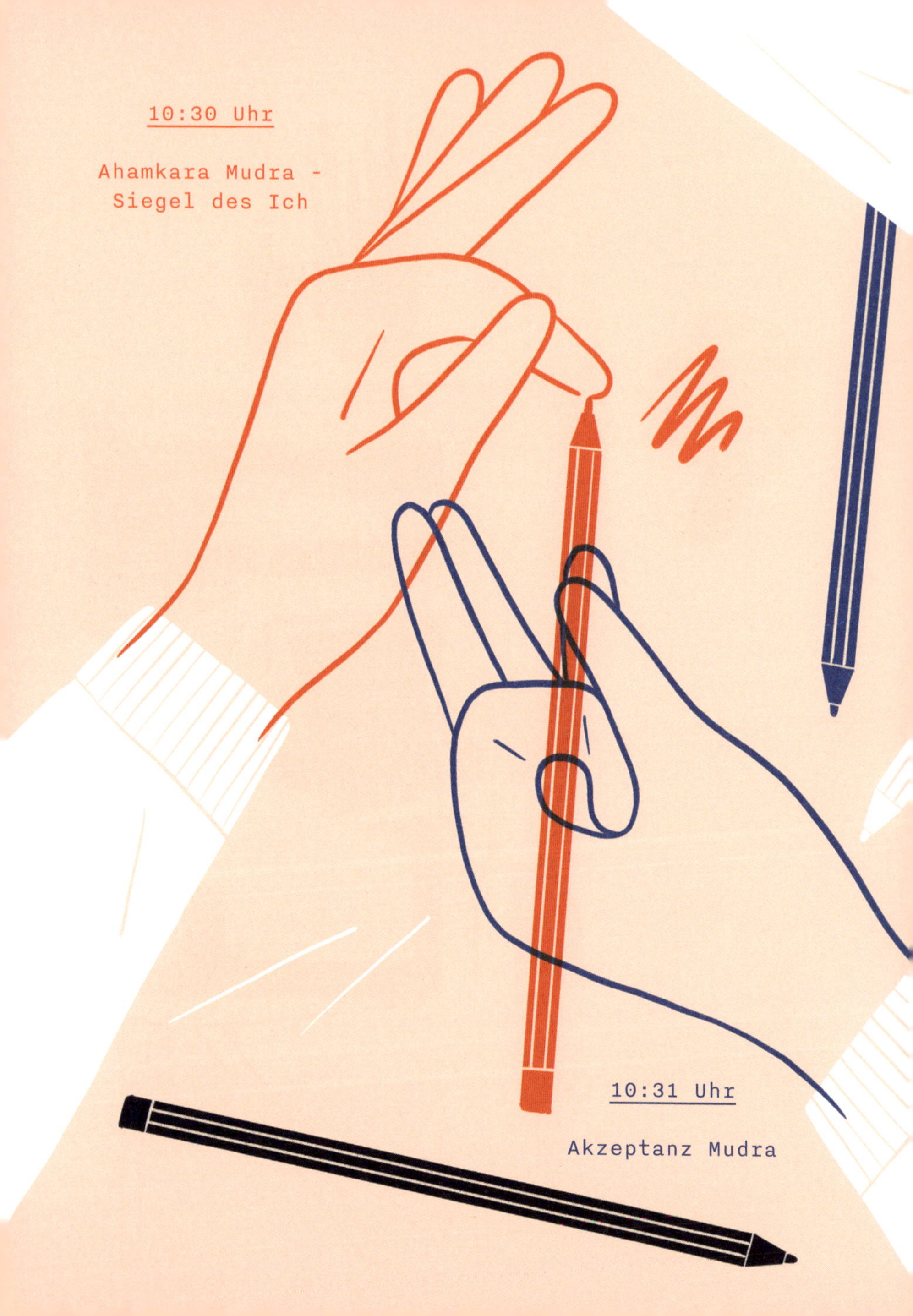

10:31 Uhr

Akzeptanz Mudra

10:32 Uhr
Hridaya Mudra - Siegel des Herzens
Dein Körper schafft das schon, es ist dein Kopf, den du überzeugen musst.
10:33 Uhr
Prana Mudra - Siegel der Lebensenergie

Bleib

11:00 Uhr

Malasana & Namaskar Mudra -
Tiefe Hocke mit dem Mudra der Ehrerbietung

fokussiert

12:30 Uhr

Prasarita Padottanasana & Paschim Namaskarasana-
Stehende Grätsche mit rückwärtiger Gebetshaltung

Ich verbiege mich, um bei mir selbst zu bleiben.

12:45 Uhr

Baddha Parsvakonasana -
Gedrehter seitlicher Winkel

13:50 Uhr Virabhadrasana II - Krieger II

Die Berge, die du mit dir rumschleppst, sind zum Erklimmen gedacht.

Immer auf dem Boden bleiben.

14:20 Uhr Tadasana – Berghaltung

Sei wo du bist, nicht
wo du denkst, dass
du sein solltest.

15:50 Uhr Vrikshasana - Baumhaltung

Oben der Himmel,
unten die Erde,
Frieden im Inneren.

16:30 Uhr Advasana - Bauchentspannungslage

Einatmen
Ausatmen

16:50 Uhr

Anuloma Viloma -
Wechselatmung

Der Körper braucht die Bewegung,
der Geist braucht die Ruhe.

17:45 Uhr

Ardha Matsyendrasana - Halber Drehsitz

Die Übung beginnt,
wenn du sie wieder
beenden willst.

18:00 Uhr Chakrasana - Rad

Strebe nach Fortschritt,
nicht nach Perfektion.

19:30 Uhr Simhasana - Löwe

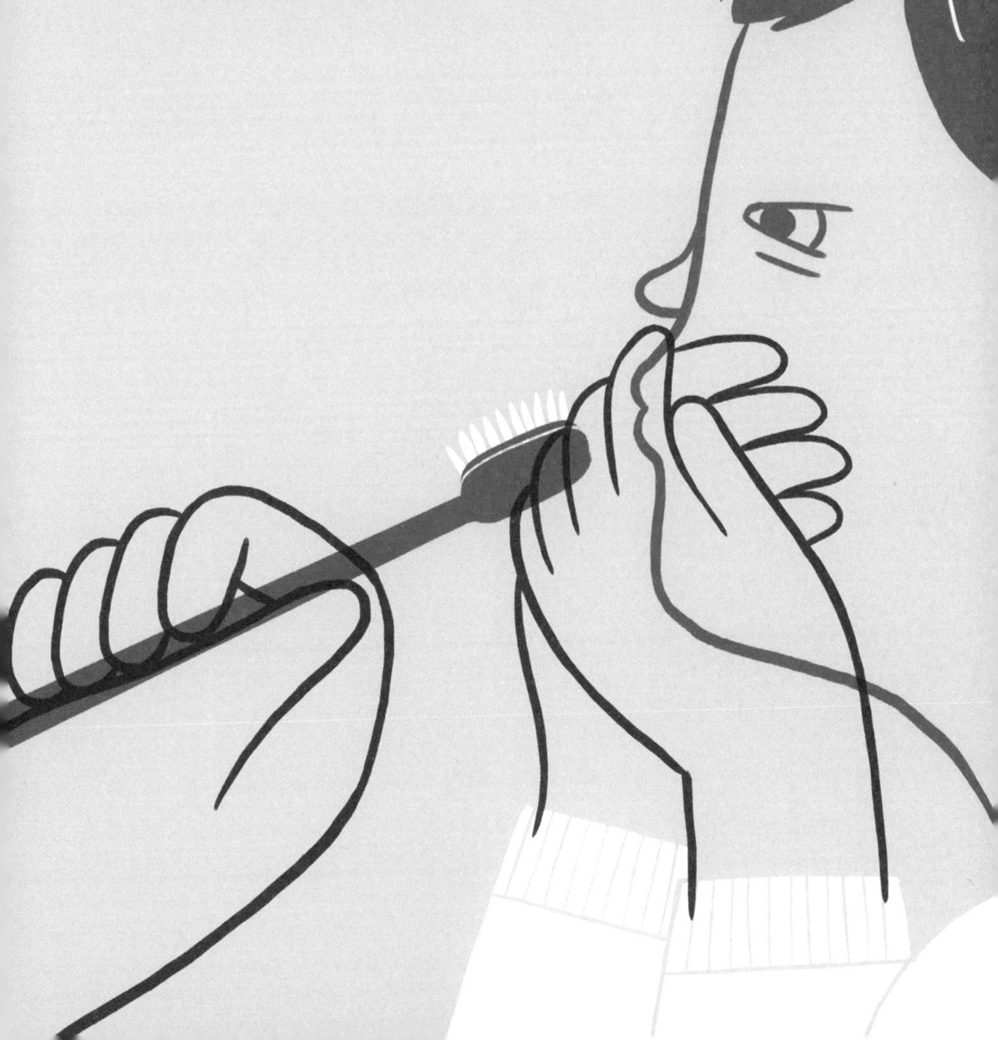

Je stiller du wirst,

desto mehr kannst du hören.

20:20 Uhr Padmasana - Lotussitz

*Du bist genau dort,
wo du sein sollst.*

21:30 Uhr

Shavasana - Totenhaltung

Tschüss, und gute Nacht!

22:00 Abendmeditation

Ich bin ruhig und still. endlich

Nichts ist ungetan. leider alles

Ich werde mit jedem Atemzug entspannter. ommmmm

Ich schließe Frieden mit der Zeit. Von Zeit zu Zeit

Ich ruhe in der Pause. Was ist nochmal eine Pause?

Mein Körper und Geist sind bereit für den Schlaf.
Aber hallo!

Mit jedem Atemzug nähere ich mich dem Schlaf. z Z Z

Ich lasse den Tag gehen.

Namaste!

Ein Imprint der Verlagsgruppe
Droemer Knaur GmbH & Co. KG, München

Illustration, Idee & Gestaltung:
Veronika Kieneke

Gesamtherstellung:
AZ Druck und Datentechnik GmbH, Kempten

Printed in Germany
ISBN 978-3-629-00779-7

www.geschenkverlage.de
1 2 3 4 5

MIX
Papier | Fördert
gute Waldnutzung
FSC® C008457

SEI DANKBAR

FÜR ALLES